DESCUBRIENDO EL MUNDO

Conozco los animales de la granja

Céline Lamour-Crochet

algar

El cordero

El cordero es la cría de la oveja y el carnero. ¡Se pone de pie a los quince minutos de haber nacido! Su madre lo lame enseguida para limpiarlo y para impregnarlo de su olor.

El asno

El asno pertenece a la misma familia que el caballo, tiene grandes orejas y el pelaje gris. Es un animal inteligente, y ¡no es tan terco como se dice! Las crías de los asnos se llaman pollinos.

El macho cabrío

El macho cabrío es el macho de la cabra. A menudo posee unos grandes cuernos curvados y una pequeña barba. ¡Tiene fama de no tener buen oído!

La oveja

En primavera se esquila a las ovejas para recoger la lana que las ha mantenido calientes durante todo el invierno. La oveja vive en la majada junto al resto del rebaño.

El pato

El pato vive a la orilla de los estanques. El plumaje del macho es más colorido que el de la hembra. Es omnívoro y se come tan a gusto los peces pequeños como los granos o las lombrices.

La pata

La pata es la hembra del pato. Pone entre cinco y quince huevos, que incuba durante más o menos un mes. Se ocupa después de los pollitos, que la siguen por todas partes.

El patito

Es la cría de la pata y el pato. Cuando sale del cascarón está recubierto de un fino plumón que, poco a poco, será reemplazado por las plumas. No hará su primer vuelo hasta los dos meses de edad.

El gato

El gato es muy buen cazador. Que estén atentos los pájaros y los ratones que están a su alcance: ¡se los comerá de un bocado! Se desplaza silenciosamente gracias a las almohadillas de sus patas. Tiene la vista y el olfato muy desarrollados.

El caballo

El paso, el trote y el galope son sus tres velocidades naturales. Como el caballo puede bloquear la articulación de las patas, duerme de pie a menudo, así está listo para huir en caso de peligro. ¡Una técnica muy práctica!

La cabra

La cabra come hierba y flores salvajes. Es muy ágil y puede saltar a más de un metro del suelo. Se cría por su leche, pero también por su lana.

El perro

En la granja, algunos perros montan guardia y otros se ocupan del ganado: son los perros pastores. Vigilan y protegen a los animales y ayudan al granjero a llevarlos a los prados.

El cerdo

Los cerdos no son todos de color rosa: también los hay negros y marrones. El cerdo come todo aquello que le cae bajo el hocico. Se revuelca en el barro para protegerse del sol y de los insectos, pero también para lavarse. ¡A la ducha!

El gallo

El gallo es el macho de la gallina. Es un animal que vive al ritmo del sol; cuando sale, canta "¡Quiquiriquí!", y se va a dormir cuando cae la noche. Tiene una gran cresta roja y está muy orgulloso de ser el jefe del corral.

El conejo

El conejo es un mamífero de grandes orejas que vive en una madriguera. Este pequeño goloso adora la lechuga y las zanahorias. Sus crías se llaman gazapos y nacen desnudos, ciegos y sordos. ¡Pero enseguida se vuelven suaves y muy graciosos!

La oca

El macho de la oca es el ganso, y los polluelos se llaman ansarinos. Esta ave tiene un pico poderoso. A la oca no le gusta que nadie invada su territorio, así que no te acerques demasiado a su nido: ¡podría pellizcarte!

La gallina de Guinea

La gallina de Guinea es un ave originaria de África. Se desplaza casi siempre corriendo, aunque sabe volar muy bien. Tiene una cresta dura sobre la cabeza. Se dice que la gallina de Guinea cacarea o grazna.

La gallina

La gallina come granos y lombrices,
pero también pequeñas piedras.
¡Sí, sí, de verdad! Eso le permite triturar
el alimento, porque no tiene dientes.
La gallina pone una media de
cinco huevos a la semana.

El pollito

El pollito es la cría de la gallina y el gallo. Sale por sí mismo del cascarón, rompiéndolo con el pico. Desde que nace se las arregla para conseguir alimento, sin la ayuda de sus padres.

El ratón

El ratón es un pequeño roedor. Come granos, insectos… ¡y también plástico! Su pequeño tamaño le permite colarse por todos los rincones.

El toro

El toro es el macho de la vaca. Se dice que se pone agresivo si agitas una tela roja ante sus ojos; pero, como ve en blanco y negro, poco importa el color. Es el movimiento lo que produce ese efecto.

La vaca

El granjero ordeña a la vaca dos veces al día. Con la leche se hace la mantequilla, la nata, los yogures y los quesos. La vaca es un rumiante, a lo largo de la jornada vuelve a masticar la hierba que ha ingerido.

El becerro

El becerro vive en el establo, es la cría de la vaca y el toro. Cuando nace, pesa alrededor de 45 kg: ¡es un bebé bien grande! La gestación de la vaca dura alrededor de nueve meses.

Créditos

Fotolia.com : Anatolii : 5 - Casperhdk : 17 - DoraZett : 16 - Dozornaya : 14 - DragoNika : 7 - Dr_ox : 24 - Fremont : 18 - Kertis : 19 - Maurer : 8 - Nirutft : 12 - Ornitolog82 : 11.

Shutterstock.com : Allred : 27 - Andrew M. Allport : 21 - Ason : 15 - Bechea : 10 - Burdiak : 13 - Imageman : 22 - Kruck : 9 - Melnychuk : 4 - PCHT : 23 - Pirita: 25 - Pixel Memoirs : 28, 29 - Rawcliffe : 6 - Smereka : 26 - Tamara Iva : 20 - Tim_Booth : 2, 3.

Reservados todos los derechos.
Cualquier forma de reproducción, distribución, comunicación pública o transformación de esta obra solo puede ser realizada con la autorización de sus titulares, salvo excepción prevista por la ley. Diríjase a CEDRO (Centro Español de Derechos Reprográficos) si necesita fotocopiar o escanear algún fragmento de esta obra (www.conlicencia.com; 917 021 970 / 932 720 447).

Título original: *J'apprends les animaux de la Ferme*
© LOSANGE, 63400 Chamalières, France, 2016
   Publicado por acuerdo con IMC Agencia Literaria
© Traducción: Teresa Broseta Fandos, 2019
© Algar Editorial
   Apartado de correos, 225 - 46600 Alzira
   www.algareditorial.com
Impresión: Índice

1.ª edición: marzo, 2019
ISBN: 978-84-9142-294-5
DL: V-211-2019